贾志梁诗词选

云间山人稻花集

贾志梁 著

学林出版社

目录

开头的话

（一）

我的童年，曾在上海松江的天马山、机山（又名小机山）度过。据说，在中国能见到佛光的山有三座：一是黄山，一是峨眉山，一是松江的天马山；而与天马山相邻的机山，则因西晋大诗人陆机得名，是名闻古今的两位大才子陆机陆云两兄弟的家乡。历代相沿，松江享有“诗窠”的美誉——诗人、诗派、诗论、诗赋，层出不穷。

从20世纪80年代起，我便开始探索古诗词创作，自号“云间山人”。一则因松江古称云间。二则，我也喜欢那首唐诗的况味："松下问童子，言师采药去。只在此山中，云深不知处。"

（二）

本书系我在五十年间古诗词原创习作的选编，分成四个篇章——

第一章：近体诗，也就是格律诗。题材包括山水旅游、人文杂咏。如写黄山、庐山、天目山；写黄河、黄果树瀑布、黄浦江；写青海、新疆、西藏；写周庄、蓬莱阁、达摩洞、沙坡头；写花卉、鸟兽；写星星、月亮、太阳；写自励、感怀、庆贺、无题……累计一百余首（押平水韵为主）。

第二章：古体诗，也就是古风。抒写题材大致同上，录七十九首。

第三章：诗余对联。诗余就是词，本章录十五首；对联，是清代最为兴盛的文学体裁之一，现代学术界有"唐诗宋词元曲明小说清对联"的说法，可见其影响力。近年来，我也探索尝试，本章录二十五副。

最后一章：插队落户咏叹调，比较特殊，与前三章不同，不是按体裁划分，而是按内容来组合的。为什么呢？因为知青上山下乡，两千万人，离开城市，走向农村接受再教育，声势浩大。我们上海知青，大多去黑龙江、云南，留在本市郊区的虽是小部分，但遇到的身体、心理挑战不亚于去黑龙江、云南。去黑龙江、云南的知青，属“抱团”；而留下的知青，分散在市郊的各个村庄，如“孤雁”。我就是其中一只“孤雁”。刚下乡的“孤雁”，由于城乡文化的冲撞、矛盾，不可避免地会产生困惑、烦恼。古人说：“何以解忧，唯有杜康”，我不喝酒，唯以古诗。看古诗，学古诗，写“古诗”，吐露心声，我对文化的渴求无意中让我保留了这份珍贵的记忆——就是我的这篇《插队落户咏叹调》，其中三分之一是格律诗词，都是“原生态”，从中也可以看出我学写古典诗词的脚印。

（三）

在中国诗的长河里，汉以前，“诗言志”；后来，陆机提出“诗缘情”。几千年的古诗创作，迸发出多少真知灼见——王摩诘“诗中有画、画中有诗”（苏轼语）；司空图“二十四诗品”；欧阳修“穷者而后工”；陆游“功夫在诗外”；严沧浪以禅喻诗，“妙悟”说；李卓吾“童心”说；王夫之“化境”说；王渔洋“神韵”说；袁枚“性灵”说；刘熙载“诗品出于人品”“天人合一”；王国维“境界”说……凡此种种，读诗、学诗、写诗，小到“自得其乐”，大到“诗，流注在一切艺术之中”“大乐，与天地同和”。爱诗人之间，往往“君子之交淡于水”，却又“心有灵犀一点通”，默默耕耘，同心共济，试举亲身经历之两例——

例一：上世纪八十年代一个年尾，我在申城福州路上寻人，“那人却在灯火阑珊处”：摆地摊售书。《新民晚报》报道他：历时十八年，写出《常用词牌详介》，借债出专著，又从北往南一路推销，还要还利息，“处境维艰”……我见到这位街头落魄的年当“知天命”的外地教师，寒风中茕茕孑立，没有人来光顾，只有我陪立一边，无言以对。最后我买了一本，请他签名，他匆匆而写……我带回家，第二天翻开一看，吃了一惊：在“贾志梁同志雅正”下面，他题诗一首——“耕耘廿载本寻常，详介编成鬓染霜；万里推销何惧远，辛劳缘是为君忙”，落款处还盖了一方红印。

例二：上海市委宣传部原副部长、《解放日报》原总编辑丁锡满同志，他的大名，我早已久闻，但直到退休后才相遇相识。丁老师第一次见了我的诗，轻轻对我说：“你写的是古诗，有诗意。”后来又说：“你的诗写得这样好，到我那里去吧。”“那里”指的是“上海楹联学会”，那时他是名誉会长。后来我楹联得奖，他夫人在人前当众说我“也是作家”。2015年，丁老师重病临危之际，拉着我的手说：“就是自费，也要把你的古诗词集中起来，出本书传承下去，不要丢散了。”

（四）

近几年，电视媒体以吟诵比赛的形式弘扬中国古典诗词之美，如火如荼，深入人心；同时又激发观众对古诗词的进一步追求。本书的编成，是抛砖引玉，冀盼年轻一代的有志者，承上启下，古为今用，以古典诗词的艺术形态，抒写生命的诗，传承诗的生命，紧贴时代脉搏，吟唱世纪篇章，让中华诗词这一民族传统优秀文化，永不凋谢，光耀大千。

感谢各方领导、各方朋友，在本书的出版中给予大力支持、帮助、关心！本人学识浅陋，乖舛之处，万望读者、行家不吝赐教。

我生于1949年，与共和国同龄，谨以此书向新中国七十华诞献礼！这是我的初心。

贾志梁

2019年8月29日于上海

云间山人稻花集

——贾志梁诗词选

近体诗

放眼苍天（1976—2015）

悼周恩来总理

一声霹雳苍穹裂，

四海滂沱泪雨垂。

总理长辞天下日，

东流之水恐西回。

1976 年 1 月于上海戏剧学院教学楼

黄山玉屏楼

潭清沉月冷，

壑险海云生。

怪石奇松立，

长空隐瀑声。

发表于 1995 年 10 月 22 日《解放日报》副刊

庐山三叠泉

山径逶迤逗雨丝，

溪声人影望中痴。

九天忽见白龙劈，

正是水穷云起时。

发表于1992年3月22日《解放日报》副刊

游森林公园

（一）

潭起涟漪鱼独跳，

坡开兰蕊蝶双飞。

凭栏凝睇春波绿，

灼灼桃花映落晖。

发表于 1992 年 2 月 25 日《解放日报》副刊

（二）

雨带轻雷绿更肥，

千山万水凯风归。

从来云阔翻龙气，

岂可林深不虎威。

1991 年 4 月

醉白池

天倾美酒逢知己，

斑竹箫声月下飞。

呼出湘君千里马，

火光电石过庭闱。

1976 年 5 月

注：《九歌・湘君》：“朝驰余马兮江皋……闻佳人兮召余，将腾驾兮偕逝。”

父子观潮

八月台风啸外滩，

抱儿跃跃立江边。

眸中后浪追前浪，

颈上童年伏壮年。

骤雨旋来云遮日，

潜龙奋起水通天。

心随鸥影飞东去，

海阔天空一瞬间。

1986 年 10 月

注：携清奇儿第一次来外滩，骋望黄浦江大潮。

黄山云海

无声有影廓张中，

万木千峰白浪笼。

回首天都成巨炭，

三分黛绿七分红。

1984 年 4 月

松江方塔

远如仙子近如汉，

纵览千年气自闲。

沧海横流方得见，

擎天一柱在云间。

1992年8月

上海，雨水观雨

满城夜雨满城风，
白雾低迷小巷空。
灯火万家明灭处，
江轮浅唱迅雷中。

1995 年

题小青蛇

邂逅无情似有情，

下阶百步得同行。

前头便是分头处，

回看梵宫磬钹声。

1995年9月于江苏句容宝华山（隆昌寺）

二上黄山，见岭如卧佛（二首）

一峰兀现气如虹，
悄寂轻云舒卷中。
我似大山山似佛，
仰天酣睡半天空。

一峰飞峙影横空，
千古未闻今日雄。
大佛是山山是我，
蒸蒸卧憩薄岚中。

注：1995年10月，于黄山峭壁坐忘，忽闻旅伴惊呼，悬崖峡谷对面云蒸雾漫处，一座卧佛岭出矣，合影记之。又，黄山有“卧佛”岭，千百年来迄今未见记载报道。

夜　读

水边更觉梅花瘦，

云外谁怜雁影孤。

四海交朋常有隔，

青灯独对满架书。

1995 年冬　集陆游诗句，有改动

自 励

少小何须装鬼神，

如今不惑更天真。

行云流水华亭鹤，

吞月吐潮海上人。

1996 年 6 月

贺郭老

南国有鹰飞沪上，
凭涛起伏搊潮筝。
寒鸦戏水鱼听曲，
雏凤清于老凤声。

1998年2月

注：当代古筝大师、中国古筝学会首席顾问郭鹰先生是20世纪30年代从潮州至上海传播筝曲的第一人，其代表作《寒鸦戏水》曾于1953年被中央人民广播电台用36种语言向全球播放。虎年春节，该曲又由弟子许菱子，登上维也纳金色大厅独奏，完成了他的夙愿，圆了他的梦。郭老与吾为二十余年忘年交，亦师亦友，喜而贺之。

海　边

吟诗拾贝戈金沙，

赤足狂追雪浪花。

十里无人舟半覆，

一声凄厉泫天涯。

注：歌剧《天边外》剧本完稿，赴《儿童时代》青岛笔会。晨起独行两小时，抵胶州湾，看“亚洲第一滩”——金沙滩。

游天目山（三首）

山　中

欲览青天上翠微，

山中寻道白云围。

无声银杏飘飘叶，

满峡金黄似蝶飞。

2004 年 12 月 1 日

注：天目山长有世界野银杏之祖——“五世同堂”，树龄 1 万 2 千岁。

夜宿太子庵

天目山驰名于山顶有池似双目。一千五百年前，梁昭明太子萧统，居此，考订《金刚经》编次；又，编就《昭明文选》三十卷，影响中国文人（如李白杜甫等）功绩赫赫。年仅三十，即辞人间。今西天目山有太子庵，庵有塑像，像前存明代水井一口。一宿无语，松涛与鼾声共鸣。

洗夜涛声入梦时，

寒泉洌洌出天池。

文选千古谁人和，

云吐清风月吐诗。

2004 年 12 月

古　寺

古寺内墙大字书有“不为自己求安乐，但愿众生得离苦”。

笔洒威灵墨泼禅，
深山寺壁涌飞天。
丛林一片神思地，
伏虎藏龙雨雪眠。

2004 年 12 月

元旦零点，故乡撞钟（二首）

放眼苍天不见尘，

莽莽白雪孕新春。

二泉映月惠山寺，

喜我敲钟第一人。

发我洪钟第一声，

太湖三万六千顷。

金龙翻滚飞天醒，

云海轻歌旭日生。

2005 年 1 月

注：钟重六吨，新铸；是夜大雪，与会典礼者三百。

悼陈逸飞 二首

1996年4月14日，与陈逸飞先生双桥相遇，一见如故。白日携各路记者登艇，飞驰白蚬湖、急水港、淀山湖；夜归周庄，镇上悄悄准备了一份意外惊喜：为他庆生（聚者仅镇长与逸飞、季节、我等二三子，逸飞说这是他生平第一次做生日）。隔日返沪，兴犹未尽，逸飞又特邀季节与我，宴叙于上海淮海路美丽华大酒店……

哀哉！噩耗传来，英才忽逝。九年后之今日，本是逸飞诞辰，如今却是季节与我在上海田子坊小灵堂祭奠后，又急赴周庄参加对他的追思会，口占悼诗二首，哽咽忍泪读之——

（一）

记得当年水上飞，

龙腾虎跃浪生辉；

而今又见蚬湖水，

无数烛船哭不归。

（二）

记得当年水上归，

菜花烂漫露沾衣；

而今怕见花开地，

独上双桥觅逸飞。

2005 年 4 月 14 日贾志梁

注：陈逸飞先生以油画《故乡的回忆——双桥》使周庄——“中国第一水乡”驰名全球。

游黄果树瀑布

2005年，黄果树瀑布节开幕式。亚洲第一瀑布前百人多声部无伴奏合唱侗族大歌，天作之合、天籁之音，令听者泪倾。

如无跌落焉成瀑，

因有倾心且放歌。

倒海翻江天水舞，

春风骀荡美声和。

2005年8月17日

上戏校庆见闻有感

左妹星光耀，

右兄天下闻。

低回愧同学，

不敢叹风尘。

2005 年 12 月

山东蓬莱游（三首）

渤海黄海，交汇蓬莱。季节与我，飞自上海——

（一）喜鹊

车去蓬莱阁，

飞翔百里随。

喳喳知客意，

又聚戚家祠。

2006 年 3 月

注：正月十五，一下飞机，从烟台到蓬莱的滨海快道上，即有喜鹊成群跟着接我们去的轿车前后环飞，一飞几十公里，右边是莽莽碧海，左边是胶东大地，雪霁日出。后登蓬莱阁、入戚继光宗祠，都有喜鹊迎送。接待方也啧啧称奇。

（二）元宵节焰火

满城仰首听，

冰雪爆雷霆。

星在夜空雨，

海为花作瓶。

2006 年 3 月

（三）登蓬莱阁

休疑八仙何处在，

涛声依旧影无来。

行人怏怏才离去，

海市蜃楼飘忽开。

2006年5月

注：2006年5月7日，山东蓬莱阁中午11时40分至下午4时，海市蜃楼奇观与海滋现象同时出现，为历史上规模最大、持续时间最长、最为清晰的一次，持续达4个小时，十万人有幸目睹。

周庄（南社聚会处）

灯晃花红水拍舟，

摩肩雨巷笑声稠。

游人未解诗人意，

总把迷楼当酒楼。

2006 年 4 月 7 日

银锄湖畔，见黑松林

身挂巨鳞湖里出？

参天相拥气森森。

返身不忍卒离去，

坐看清风载朗吟。

2000 年 1 月 27 日

谒顾炎武墓

三百年来第一功，
小坟也怜大英雄：
作狮子吼贯谁耳？
梁任公和毛泽东。

2006年4月16日于昆山千灯

注：亭林先生乃大学问家，倡导“博学于文”“行己有耻”，梁启超谓先生“三百年来第一人”。梁启超从《日知录》中拈出“天下兴亡，匹夫有责”，为毛泽东所弘扬。

假日探亲

父 93 岁，母 91 岁。

窗醉无花果，

门开月季花。

母亲轻念佛，

忙活是爹爹。

2006 年 5 月 1 日

读《东周列国志》

人凭志气虎凭威，

处变不惊鹰壮飞。

尝胆卧薪勾践困，

引锥刺股苏秦归。

楚门存舌山妻笑，

吴市乞箫癞狗围。

颠倒纵如和氏玉，

会当烁烁透光辉。

2006 年 5 月 13 日

窗悬吊兰一盆，为寒流所袭，奄奄一息；讵料大难不死，出人意料

惊我开门见：

亭亭小白花——

去年天上雪，

今夏溢枝丫。

2006年5月21日

上戏莲花路学生公寓初夏晨景

（一）风倾

风倾杨花似雪花，

飘飘洒洒往谁家。

何来一羽声长啭，

寻到林前又变哑。

（二）去练早功的少女群

海棠凝露未离梦，

广玉兰开向碧穹。

夹竹桃花羞未了，

半丛雪白半丛红。

（三）燕子

不肯穿梭弧线飞，悬空鼓翼傍人衣。

熹微灯下归巢鸟，叩我怜雏尽忘机。

2006 年 5 月 26 日

注：公寓有鼠猫；乳燕偶有跌落，见之，则救，攀桌登椅捧还燕窝。窝是一个废弃的吸顶灯罩，挂在门口，每年春天燕爸爸燕妈妈来生育，一待小燕可飞，即全家迁举远方，不知何处。

杨　花

舞空不断已倾城，

掠地还飞落絮轻。

穿户入池谁为惜，

赢来水性薄情名。

2006 年 5 月 29 日

端午吊屈原

谄谀蔽明贤者疏，
行吟被发形容枯。
沉江屈子几多冤，
角黍年年锅里呼。

2006年5月31日

注：角黍，即粽子。

达摩洞

须弥入芥子，

面壁即安心。

如问少林寺，

浮云低处寻。

2006 年 6 月 1 日

酷暑闻雨

赤日炎炎炎似火，

回家第一急看花。

夜来忽觉眠床冷，

细雨沙沙透绿纱。

2006 年 8 月 17 日

千灯夏至

夕日黄昏雨，

池塘青草蛙。

柳丝飘闪电，

灯火洒千家。

2006 年 6 月 22 日

秋醉乎

持觞一饮桂花酒，

碎叶西风满地欷。

百嶂千峰星月夜，

何时孤雁衔芦飞。

2008 年秋

夜班探月

开门人遇闭门风，
夜过三更黑更拢。
朔气如锥锥刺骨，
浅浅银钩耀天空。

2005 年 11 月 2 日

注："银钩"下一点是我，月与我组成一个"?"。

无　题

画虎画皮难画骨，

知人知面不知心。

青天可鉴庄周梦，

黄土罔存子敬琴。

雪拥南山风刺骨，

松参北斗雨开襟。

何劳弦上空挥手，

谁说陶潜不解音。

2009 年 1 月 31 日凌晨两点

见贵州屯堡人——六百年前汉族遗民，惊之

铮铮铁骨石头围，

傩戏铿锵世亦稀。

不愧江南英烈汉，

子孙犹扎大明衣。

2006 年 6 月 24 日

注：安顺屯堡内有“三教寺”，楹联：“信佛信道信儒即信善，思名思利思德不思邪”；又有古戏台“屯堡古乐，梵音演唱”，俗称地戏，堪称“中华一绝”。

大明山

千亩涛声峰托起，

亿年石走似雷倾。

龙乘瀑布飞山去，

一道寒光出大明。

2006 年 7 月 29 日

游沙坡头

宁夏沙坡头，南枕黄河、秦长城，北应腾格里沙漠。古风吟哦“大漠孤烟直，长河落日圆”，今人治沙创世界奇观。

沙丘绵亘望无际，

悦耳驼铃起伏飞。

千古英雄畏碛暴，

当今豪杰显神威。

山形驰骛长城跃，

草色青荧硕果肥。

浑脱漂流骄似凤，

黄河浪里载人归。

2006 年 10 月 20 日

注：混脱——一种渡河的羊皮筏子。

兰花开了

雨打风吹浑不觉，

轻云一朵惹人怜。

何愁今夜无甜梦，

十万清香拥我眠。

2007 年 4 月 29 日

五“禽”戏

（一）网下之鹤

仙客飞千里，

胎禽鸣九皋。

当年与凤伍，

今夜入笼牢。

（二）湖洲之鹭

立雨荷香里，

眠沙柳影中。

黄昏依碧水，

拂晓上苍穹。

（三）浙西之鹰

刚气入云去，

雄姿掠地来。

轻抛三尺钩，

喝杀一声雷。

（四）黔灵之猿

挂月三声唳，

栖云百臂连。

轻飞人背后，

袭取果饼悬。

（五）栅中之虎

四壁铁墙围，
谁知王者威。
一归山岳里，
六月雪纷飞。

2007年5月31日

“八·一三”乔迁新楼18层

爆竹震天天外响，

晋元路上上新家。

史歌唱彻吴淞浪，

弹火凝成壁上花。

坐看风云旋世界，

起迎星斗落中华。

从今四海为家纳，

灿日东升璧月斜。

2007年8月21日

观 CCTV 电视直播：长征火箭发射“嫦娥一号”探月卫星（三首）

（一）

众山围绕乌云盖，

非塔非楼月影浮。

口令一声喷火起，

排山倒海出神州。

2007 年 10 月 24 日

（二）

猛劲突飞奔月球，

多圈变轨揪心头。

开弓没有回头箭，

瀚海太空一小舟。

2007 年 10 月 31 日

（三）

玉兔狂追甩桂花，

嫦娥拭泪看中华。

长征路上新生代，

急步苍穹驭彩霞。

2007 年 11 月 5 日

乘大巴旅游感发

多少年来尘际走，

运交墓库总昏头。

金刚昔日天真汉，

粪土当年万户侯。

世事洞明皆幻影，

人心平淡即风流。

坐中俱泯非和是，

南北东西驰突游。

2007 年 11 月 7 日晨

闻《上海新闻记者大辞典》出版发行

云开日出睁天眼，

大浪淘沙始见金。

十万流星飞夜市，

二三喜子惜光阴。

如潮骏马书中起，

似电呼声海上临。

忽报林间曾吐艳，

丁香忝作桂枝吟。

2007 年 11 月 20 日，农历十月十一，立冬后，小雪前

注：三生有幸，不才与新闻工作有缘而被忝列辞典条目。

冬至，追念金砂

歌剧《江姐》的作曲之一金砂先生，1991年从苏州写来一信，说参加了《上海之春》全国歌剧研讨会，看了我写的《天边外》剧本，很感动，要和我合作写一部中国歌剧。因种种客观原因，当时我未承应。日前上网，无意中发现苏州音乐界在纪念他——金砂已亡故十年。最最不知的是——他当年的心愿：要写一部超过以往的最好的中国歌剧。与如此良师知音，失之交臂，终生一大憾事。

一唱红梅将奈何，

牧羊姑娘泪成河。

无端痛失山阳会，

天息鼓来地罢锣。

2007年11月29日作

注：《红梅赞》是歌剧《江姐》的主题曲；《牧羊姑娘》是五十年代风靡全国、流传世界、为苏联及东欧各国音乐演唱团争相演唱的名歌，其旋律出自金砂笔下；他创作的歌曲还有《绣红旗》《毛主席来到咱农庄》等。金砂先生应该是极具天赋的中国著名音乐家，临终前为苏州市音乐家协会主席。

登山知遇

不厌溪寒石径贫，

虬松牵袖侃行人。

人生四十方为始，

花甲之年恰当春。

2007年12月19日

注："汉语拼音之父"周有光教授（102岁）在电视中也说，美国人把四十岁看成人生的开始。这与我的偶想巧合。

四行仓库边购得红木新桌椅一套

从来美物与人同，

不是神交不相逢。

恰似飞霞天外到，

流光溢彩壁通红。

2007 年 12 月 23 日

元　旦

万象更新天地始，

男儿六十再逢春。

松收肃气真罗汉，

蕉透寒风活美人。

点地冲霄千凤起，

仰天回首六龙巡。

卿云灿烂雾消释，

喷出西窗一火轮。

2008 年 1 月 1 日—2 日

注：《尚书大传·卿云歌》："卿云烂兮，纠曼曼兮，日月光华，旦复旦兮。"

凌晨二时坐床边上网，见《吴冠中炮轰美术界是老人家讲了真话》一文

拍案惊奇叹老辣，

放翁快语上诗笺。

千年未息灵胥怒，

卷地潮声到枕边。

2008年2月16日

注：《吴》文，网上可阅。

王昭君

月夜魂归环佩响，

琵琶热泪曲中吟。

一时睥睨毛延寿，

出塞风尘撼古今。

2008 年 3 月 17 日

子夜闻雷

阳春三月炸雷倾，

鼾梦惊飞窗几鸣。

或恐一场生与死，

卧听暴雨到天明。

2008年4月22日

注：几天后噩耗传来，93岁之母亲在家中跌倒骨折。

邂　逅

三十三年重握手，

乍逢疑在梦间游。

霜风纵把脸庞割，

不变依然有亮眸。

2008 年 4 月 26 日

注：与上戏校友颜正安，不期相遇于上海美术馆。“我的脸相改了许多吧?”话音未落，她答：“你眼睛不变。”

看《西游记》兼感十年沧桑

喝尽东西南北风，

酸甜苦辣一梦中。

劝君勿馋唐僧肉，

张口必吞孙悟空。

2008 年 7 月 27 日

恒　星

混沌初开腾火焰，

几经大劫受熬煎。

云围雾绕风吹尽，

熠熠清辉摄岳川。

2007 年 8 月 9 日

海南岛三亚湾

椰林有热风传语，

碧水无垠凉送诗。

天涯海角月生处，

相见相怜相别时。

2008 年 7 月 30 日

时近中秋与上海、台湾等地媒体记者五人同游浙西大峡谷看采山核桃去

奇花野树催人走，

险谷绵延水急流。

最喜彩云缭绕处，

竹声如雨笑声浮。

2008 年 9 月 8 日

注：浙江临安民谣："白露到，竹竿摇；满地金，扁担挑。"不过，稍有不慎，也会跌下百丈悬崖，后果不堪设想。

挑山核桃

蹲身担起一声吼，

水色山光腹内收。

因羡农家生态乐，

我来过瘾浙西游。

2008 年 9 月 9 日发表于《上海商报》

注：在浙西新闻杯比赛中，余挑起 150 斤山核桃走一个来回，得三等奖。本想再挑战一等奖（200 斤），主持人以“年龄大了”（60 岁）为由让我“退休”。

青松赞（五首）

（一）

老到心间节更雄，危崖侧立半空中。
夭桃秾李何须羡，且看蛟龙舞朔风。

（二）

苍然鳞甲风霜饱，秉性孤高不折腰。
雾际天生仙骨在，无风声亦似奔涛。

（三）

叠叠千岩冷劲松，沉沉万岁化青龙。
披霜傲雪凌云处，红日托来照顶峰。

（四）

涵香挺立妙高台，落地原本济世才。
只为人间欲火旺，轻阴细叶诵如来。

（五）

冷凝虎魄松脂泪，影移天穹鹤翅飞。

对影成三歌且舞，烟萝峰上采苓归。

2008 年 12 月

美　色

皓齿明眸魂魄夺，

石榴裙下终蹉跎。

古今多少英雄汉，

不死刀枪死色魔。

2009 年 4 月 8 日

电脑故障，请人检修

急如被拐儿和女，

忧似失明满腹哀。

妙手上盘轻指点，

三千世界又重回。

2009 年 6 月 26 日

最后一班岗

又一届学生毕业，正值退休。

莲花路上觅菩提，

十载平阳悲喜之。

水杉参天排队起，

鸿鹄点地远行时。

2009 年 7 月 5 日

注：任职所在，北为平阳路，东是莲花路，西、南环河。

青海游记（六首）

与季节随上海外国语大学谭校长、吕院长、江总等旅友三十余人同行。

（一）青海湖

湛蓝碧绿望无边，

寂寂轻云护四天。

游子观光心莫跳，

从来深海聚神仙。

2009 年 8 月 3 日

（二）日月山

大唐文成公主16岁出嫁入藏。

回望长安城不见，

西风骏马泪潸潸。

孤行万里千秋业，

藏汉联姻日月山。

2009年8月3日

（三）冷龙岭之一

出达阪山口（海拔3800米）得见远方雪山——冷龙岭，同车“驴友”多为生平第一次亲眼所见。

油菜金黄青稞绿，

羊群滚滚隼鹰飞。

远山猛识失声喊，

雪色银光捧日归。

（四）冷龙岭之二

祁连山上冷龙岭，

铁甲银盔一剑霜。

疑是天人霍去病，

横空出世震西疆。

2009 年 8 月 12 日

注：冷龙岭——祁连山脉东段第一山，主峰海拔 5200 多米，是山北——甘肃武威人之母亲山，山南——青海门源人则视为神山。西汉霍去病当年曾在此驱扫匈奴、威震河西。

（五）过循化黄河桥之一

天下黄河循化美，

生漩掀浪骆驼归。

撒拉儿女多奇举，

抢渡黄河浪里飞。

注：700 多年前，撒拉族先人带着手抄本《古兰经》从中亚撒马尔罕东迁，途经青海循化，夜色中走失唯一的一匹白骆驼，黎明在山下黄河边发现它已化成白石，卧在清澈见底的泉水中，遂认定真主指点归宿——定居于此；而今，其后人频频举办“抢渡黄河国际赛”。

（六）过循化黄河桥之二

九曲黄河第一弯，

滔滔碧水险峰穿。

如何变浊下游去，

河底渐枯对着天？

2009 年 8 月 31 日

注：古代诗仙李白曾惊呼：“黄河之水天上来。”

于周庄与全球华文媒体代表团晨起白蚬湖观景

荷伞飘摇湖浴日，
垂杨泫露故乡风。
时来飞鸟嘤鸣曲，
妙在鱼儿跳扑通。

2009年9月23日

注：《诗经·小雅·伐木》："嘤其鸣矣，求其友声。"

与上海戏剧学院离退休同事近百人春游崇明岛

万里长江东海去，一方湿地出西沙。
虾鱼滚滚乘春汛，草木森森发嫩芽。
心涌金光忆追日，眼收绿色忘返家。
遥知桃李迎风艳，芦苇丛中沐晚霞。

2010 年 4 月 20 日

去病篇（七首）

天有不测风云，人有旦夕祸福。有外地亲戚来沪叙其大病经过——

（一）中风

某日，忽欲高难度训练，遂成偏瘫：右腿不能举步，右手不能用笔穿衣举筷，舌头歪斜，右眼睁不开，并在继续恶化……急诊、抢救、住院！

一念之差铸大悲，

飞来横祸病凶危。

吊针滴出生存线，

钞票花成橘子皮。

无法平衡难动腿，

有言表达易歪嘴。

余生岂与床相缚，

心急如焚祈良医。

注：病友家属调侃自嘲：“药钱贵，人民币像橘子皮……”但好药就是这个自费价。

（二）病危

高血压、脑梗塞又突患肺炎，医生称——雪上加霜、病极高危（专家会诊还一度背着患者通知家属：查出肺癌指标极高）。其时，热浪滚滚袭来，申城频频警报。

时值死神正怒咆，

涉嫌不治倍煎熬。

淋漓大汗汗如雨，

弱不禁风风似刀。

几度魂飞蒙厚被，

三更魄散受哀号。

他人出院独留我，

一线命悬何处逃。

（三）夜梦

灯前忽忆母驾临，
猛醒枕间泪不禁。
每及危难亲娘在，
阿弥陀佛观世音。

（四）抢救

脱胎换骨从头起，
返老还童死擦过。
幸赖亲朋多辅助，
白衣天使降狂魔。

（五）康复

卧床转侧听窗外，

林鸟啼来第一声。

不似雄鸡音亢奋，

却如渔笛律分明。

茫茫黑夜将消融，

淡淡晨曦已纵横。

坐起轻轻敲胃经，

开门学步大街行。

注：大病四十三天，终于摆脱每天吊针八九瓶、血管硬化出血的日子，进入康复训练期。

（六）飞车浙西，滑雪天荒坪

久病云间敛羽翰，

试飞掠过太湖源。

放声瀑布冰川裂，

拄杖天池朔气翻。

四五亲朋车上骇，

二三筋斗雪中掀。

旧年已去新年到，

析骨重生返乐园。

（七）冬游大峡谷

喷香极品年猪饭，
娇客齐来敬酒茶。
户户麻糍粘石臼，
家家豆腐胜鱼虾。
灯笼红火雪中树，
乡戏清心岭上霞。
走遍华东谁可及，
白云生处有人家。

2011 年 1 月

赤　壁

一千八百年前火，

峭壁今犹洇血红。

肃令长江齐右看，

当年诸葛借东风。

2013 年 3 月 23 日

新疆漫兴

之一　喀纳斯湖区

乘舟难觅湖中怪，
绝顶观鱼也累人。
莫道此游无亮点，
回头顿觉大山神！

2013年9月

注：成吉思汗曾率大军到此，令：“此山不能上，山上有神的眼睛！”

之二　入疆军垦之支边青年

跃跃红心沉戈壁，

霏霏雪岭啸青云。

千年不倒胡杨树，

献了青春献子孙。

2013 年 12 月 1 日

西藏旅游

（一）高原之舟

入藏次日，去羊卓雍湖。翻越岗巴拉山（海拔5000米），近半游客出现高原反应，仍勉力同心，登上目的地。

陡坡转尽方称险，

但见牦牛在上头。

足下生风云万变，

雪时诺亚一方舟。

2015年5月24日

注：藏民族的衣食住行都离不开牦牛，雄性牦牛可重达1000公斤。

（二）西藏游

嗟余此刻意何虑，

海拔五千仍自如。

朽木得无新叶发，

冰山也可雪莲舒。

布达拉宫大昭寺，

唐古拉山纳木湖。

美景从来缘大勇，

相亲奇迹莫踌躇。

2015 年 7 月 8 日

上海滩——世博园感怀

涛声未变楼多变，
海上风云转瞬间。
惟有人心潮一样，
总将澎湃接天寰。

2010 年 11 月 21 日

坐奔驰轿车过新建之杭州湾大桥

海上冲飞浪，

惊心动魄诗。

秋风秋雨里，

辛亥百年时。

2011 年 9 月 27 日

雨后望月

何曾逝去何曾暗，

月出中天又是圆。

且看嫦娥抚玉兔，

清光沥沥洒山川。

2012 年 9 月 1 日（农历七月十六）凌晨两点

云间山人稻花集

——贾志粱诗词选

古体诗

沧海横流

中　秋

己巳年八月十五，应湖南洞庭诗社之邀，登岳阳楼。是夜，天暝月上，湖澄如练，丝管齐发，声彻百里，口占一首，奉答诸友。

月在洞庭圆，

楼是岳阳美。

古乐声声里，

青螺托湘妃。

1989 年 9 月

途　中

同舟作伴去，

心潮泣如许。

侧坐不相语，

犹恐人窃顾。

盈盈一水间，

脉脉不能晤。

1977 年 9 月，小客轮上

登　山

雄鸡一声啼，

玉鳞百万飞。

草木皆成冰，

山山白气围。

彤云匝地卷，

朔风满天吹。

一峰揽一峰，

悠悠复依依。

1979 年春节，无锡

灵岩山

山寒风卷雪，

路滑草无影。

为寻梅花俏，

三上吴王井。

1979 年春节，苏州

天平山

残雪裹奇松，

鸹噪半天空。

死人争葬地，

石佛笑洞中。

1979 年春节，苏州

北固山

大江日夜吞，

小矶依然存。

狠石分三国，

花烛定乾坤。

1981 年 5 月

过小孤山

浊水汹涌，断不了小姑千年想彭郎；

群山比肩，掩不住名胜第一说小孤。

1990 年 4 月

上海淮海路石库门阳台

雨如泉迸，檐下葡萄圆且熟；

雷似天怒，勺中红粥大又甜。

1995 年

夜航长江，出舱凝望

月黑风急夜，

形单影只人。

轮声叠雨声，

客心浮江心。

1990 年 6 月

江中行，眺望庐山剪刀峰

我从云间来，

又向云间去。

欲问赤松子，

云间在何处。

1990 年 7 月

注：松江古称云间。

南郊行

看山山已枯，

看寺寺已无。

遍地少游客，

处处寒风呼。

有谁知

起霹雳，

此处曾是刘寄奴。

金戈铁马当年雄，

而今付与苍山哭。

1988年2月，春节

注：刘裕，小名寄奴，早年在镇江南山一带砍柴采药为生，后灭晋立宋，史称宋武帝。

南溪温泉行

曲径通幽入浙东，
名池深潜纳春风。
跌落滑水炎浪涌，
洗尽尘垢造化通。
心迷神峰影绰约，
魂泊雾谷绿朦胧。
山川无语鸳鸯宿，
日月有情悬灯笼。
莫叹千里风和雨，
奇迹正在跋涉中。

1992 年

无 题

我是云间一凡夫，

爱上有神无人处。

季风呼啸夜雨哭，

节律如潮举红烛。

1996 年

纳 凉

云黑有闪电，
避暑上大船。
风醉灯落河，
城倾浪扑天。
潮为知趣生，
话因放肆甜。
今夜不见月，
相依更缱绻。

1996 年

无 题

欲哭无声又无泪，

愁是乌云浪是忧。

雁影常变向南去，

礁形依旧枕寒流。

1990 年

金山寺即景

和尚欲笑不能笑，
善男信女喊弥陀。
娇儿不识大雄殿，
强说如来是妖魔。

1988 年

注：大概受了电视剧《西游记》的影响，四五岁的孩子（清奇）一进大殿，抬头便嚷："妖怪，妖怪！"煞是愚痴。不过，"凡所有相，皆是虚妄"。童言无欺，对著相者不啻当头一棒，当机者或可醍醐灌顶："若见诸相非相，即见如来。"

冬，上海滩晨跑　仿柳宗元《江雪》

千楼鸟飞绝，

万径行踪灭。

孤身长跑男，

已奔十里雪。

1989 年

注：拂晓晨跑于上海外滩、南京路，雪厚没踝，来回一口气跑约二三十里，鞋袜透湿。

焦　山

有路不走人笑傻，

无路偏向险处爬。

跃上峰顶低首看，

茫茫大江弥天涯。

1992 年 1 月 9 日

对 歌

深山何处钟，

长邀不老松。

举头望明月，

忽来一阵风。

1995 年 9 月 19 日

奇　梦

我有千只眼，

久被尘垢盖。

刹时一睁开，

灵光耀三界。

1991 年

开 光

如人之去病、除障、康复乎?

一只大冰箱,
有灯不发光。
不修不知道,
一修亮堂堂。

2010 年 9 月 7 日

注:在外多日,冰箱的灯不知怎么的也暗了些许日子,很不方便;昨天回家,一开冰箱门,忽见灯亮,大喜,但再开后又不亮;拂晓决心自己试试,结果很简单地竟解决了。事毕,今天恰巧是地藏王菩萨圣诞。

题礁石

风刀雨箭又一年，

海啸雷崩亦枉然。

任它一浪涌一浪，

兀自黔首对苍天。

1995 年

梅雨自戏

风卷乌云屋如巢，

雨打东窗珠泪浇。

四十三年驰骋梦，

醒来青锋变赭刀。

1992 年

读史记

张弓无箭立大漠，

刚骨向天泪不流。

妇人之仁杀霸王，

胯下受辱终封侯。

1991 年

秋日感怀（四首）

雁啼龙潜何时了，劲风白露细雨浑。
塞内频传大地震，海外常梦岩浆奔。
天倾一角有女娲，地遭洪荒盼禹舜。
明珠岂可长暗抛，蜡炬当为火烧云。

有心报答答无门，无力回天天亦羞。
耳畔惊呼鬼打墙，眼底尽收人变猴。
日日东海鱼虾泣，夜夜西山虎狼吼。
书到读尽方知傻，囊中羞涩莫远游。

落雁折翅虎缚腿，运蹇何事不伤悲。

沐猴戴冠满堂彩，精怪附体类文痞。

家破可破贪嗔痴，人亡不亡真善美。

杯中难尝雨后茶，市上新售红草莓。

时已白露赛酷暑，丝瓜花萎冬瓜枯。

晴空霹雳阵阵滚，子夜疾车声声呼。

潦倒不钻金钱眼，愁绪满载苍生苦。

我望天公再抖擞，无拘无束泪滂沱。

1999 年

读杜工部诗《丹青引赠曹将军霸》感怀

人生一晃几十年，青春似水不复还。

树因材大用为难，人缘功高常蒙冤。

坎坷飘零雨打萍，风沙蔽天怎耀星。

报酬事业梦中见，醒来泪湿枕一片。

我之独兮何所谓，如我者众殊可悲。

2008 年 1 月 20 日

登黄山遇雨势，望雨不至

黑云如沸半空起，满壑枝叶飒飒飞。

雷公阵阵伐金鼓，雨婆嚣嚣撒白帏。

看山不见山已去，握雨才知雨未归。

转眼鸟歌夕照里，溪水叮咚人忘机。

1981 年 4 月

夏日里弄交响曲

小巷拂晓噪声急，洗脸刷牙倒马子。

开门邻妇喊天热，卧床伢儿哭肚饥。

我欲提笔无所得，四顾茫然对白壁。

何来一阵清风起，飘我重游深山里。

1981 年 8 月

观月（两首）

推窗一瞥月，
月圆摩天楼。
低头小河水，
碎月波中流。

壮士已无影，
美人白骨枯。
唯有朗朗月，
依然照疆土。

2007 年 3 月 28 日

九华山居

窗口风挤雾，瓦头雨绽花。

书好同榻卧，梦醒觉无邪。

炉香大殿外，钟声醉流霞。

1981 年 4 月

游黄果树瀑布水帘洞

心寄瀑雾里，情被雨丝魔。

人吼山亦吼，水歌我亦歌。

跃跃岩壁中，恍如通天河。

2005 年 8 月

大明山

巍巍一座山，日月转双肩。

湖浴七仙女，岭卧千亩田。

巨瀑飞东海，雄师定北天。

与国同休业，朱眠石上传。

2006 年 8 月 5 日

啄木鸟

恨从心底起，

爱向咀边发。

笃笃笃笃笃，

声声护新芽。

1992 年

偶 感

人笑衣冠，抵死尘埃，曲高和寡，或谓书呆，夜半惊心，知音何在？愤气填膺，有泪倾怀：文不能飞笔生花，终日价钻进钻出书海；武不能劈山跃马，每夜里空怀壮志，无才！　　无才，无才，岂可长叹短嗳，梦觉寒灯里，呵气成冰，上桌台。万籁无声，思接千载，泼墨疾书，日出窗白，有谁知，年半甲，眼近视，忧天下，心未死，英雄气概。

1978 年 12 月 19 日

伤心词

少年宫里少女郎，东城城西施家长。长成目光如秋水，一瞥能使星无光。梧桐雨急金鸡啼，声声掷地匝柱梁：“誓以独身应不测，只愿此生随情郎。”从兹历历四百日，蔑对俗见情绵长。小楼一夜听春雨，航船明晨吻落芳。春盼雁书冬寄棉，秋赋霜菊夏济江。沂蒙山歌熬鸡汤，温柔缠绵暖心房。相聚只嫌时光短，别离总叹夜色长。情比东海海浮浅，爱载高山山仓皇。湘妃竹里魂魄舞，钢琴声中心荡漾。孰料平地一声雷，女家爷娘凶难挡；自刎拍桌骂声连，逼女改择马家郎。少女眼泪倾似雨，低头呜咽疼断肠："与君分手莫念我，愿君另择好姑娘。"闻言跌足气难按，夜过三更更凄凉。对看残菊月昏昏，落笔题字吁声长：夜半惊醒满腹气，爱情如水泼在地；我为西施起呜咽，口吐鲜血好几滴。去年菊花盛，相恋在东城；今夕菊花衰，相别泪盈盈。菊花何太苦，经此两重阳；菊花何及梅，大雪犹吐香。

1976 年 12 月

看《天仙配》

花依高楼月依水，左邻右舍坐一起；飘飘仙子下凡来，白云悠悠彩云美。请出土地主婚配，开口柳槐拜天地；不图富贵随董郎，暂栖财家当奴隶。一夜织锦锦十匹，百日脱身身有喜。但望白头偕到老，恩恩爱爱好夫妻。惜哉天规森森玉帝怒，惊落董永枣和梨！天昏地暗闪电鞭，棒打鸳鸯两分离。夫哭妻喊一别时，此恨绵绵永无期。永无期，泪如雨，屏上做戏屏外泣；电视机前众心碎，座中书生早嘘唏：可哭人间董郎多，何来天上七仙女？

1978 年 10 月

长相思

一鸟悲，

一鸟飞，

有翅不能常相随。

一头暖，

一头凉，

无情偏要作鸳鸯。

1978 年

注：应邀参加上海音乐书店“文革”后重新开张复业仪式，获赠小提琴协奏曲《梁祝》唱片一张，赏析之而叹息世间时俗。

思

英雄泪，长江水，日夜不绝；

去又回，生已灭，是第几劫？

1993 年

为父亲祝寿

父贾培根，时年90岁；母亲88岁。

一双手能将光阴拉长，

两个人且把善根种下。

2003年

注：“仁者寿”。后来母亲卫金娣93岁逝世；父亲寿近100岁，犹喜独居、生活自理、助人为乐。而且二老都是说走就走，“品相极佳”。

婴　儿

——喝满月酒有感

与水一样纯，与天一样真。

满堂饮酒客，皆是过来人。

2007 年 8 月 18 日

杂　感

上戏开门办学，老师陈伯鸿、章琴等带领我们创作小组下生活时速记。

（一）浦东芦潮港（二首）

村　河

都市不晓用水难，

且走百里访海滩。

渴饮芦潮一滴水，

方知雨水蜜样甜。

开　闸

广播震天闸门起，

海水如沸漩涡追。

两岸亲人笑又喊，

渔舟打得海鲜归。

1974 年 7 月

（二）福建游南普陀寺并登山望海

今上南普陀，疾登五老峰。

怪石垒怪石，罅缝连罅缝。

树中鼓浪卧，雾里金门隐。

遥指大二担，迟早可登临。

1974 年 12 月

（三）江阴华西农民夜校

灯火辉煌声悠扬，

两脚泥巴上讲堂。

又识字来又排戏，

自编自导自化妆。

1976 年 3 月

注：听了黄佐临先生的介绍，我们一行四人（其中教师有孙浩然、柏彬），赴华西村观摩锡剧小戏。

练　武

三更步月到中庭，

剑锋一抡鬼神惊。

寒光闪，

旋风起，

千潮万澜忽登临。

横劈竖刺虎狼嚎，

歇步跃身追流星。

退似银蛇水中去，

进如霹雳震天厅。

忽兀风平浪也息，

静悄悄，

清凛凛，

君不见，

三尺冰，

一笑粲然傍书生。

1975 年 6 月

毕业聚餐

梨一筐，

酒百杯。

眼乜斜，

笑如雷。

高谈阔论以往事，

挥斥方遒怎停嘴。

相约毋忘少年志，

定当贡献为人类。

各奔东西重逢时，

碗箸理当添一倍。

月牙钻出乱云堆，

小区纵横彳亍随。

1976 年 7 月

陈独秀

——观电影《开天辟地》

胆大陈独秀，

不怕落人头。

为国先开口，

神州竞自由。

率领新青年，

煌煌一旗手。

建党有伟业，

中国誉全球。

而今重评说，

观之热泪流。

1991 年

读王维《辋川集·漆园》

鱼不高飞，

鸟不深潜；

各取所宜，

隐者怡天。

2006 年 5 月 19 日

世界杯（足球赛）即景

（一）男性宣言

红颜娇妻请 BYE，

天生男子是雄才。

欲和电视战通宵，

日夜倾城世界杯。

（二）女性怨言

忽而狂欢忽而吼，
如醉如痴何时休？
男人个个发疯也，
不爱美人爱个球。

（三）球迷老外

国旗双颊画，

喊歌震破天。

打鼓吹喇叭，

哭笑近疯癫。

（四）决一死战

后卫坚如盾，

前锋擅奇袭。

刚才破他门，

刹那我告急。

2006 年 6—7 月

一声枪响（四首）

赞

刘翔力压群雄在西班牙巴仑比亚2008世界室内田径锦标赛60米栏预赛起跑打破“世界记录”并决赛夺冠（新秀罗伯斯则在决赛后捶地痛嚎）。

一声枪响震天下，

又创奇迹耀中华。

扑地哭喊悔已晚，

可怜旋风小古巴。

2008年3月9日

惊

北京奥运会男子110米栏预赛刘翔“突然”因伤退出田径场。

千呼万盼始出赛，

一声枪响泪满襟。

鸟巢空载多少恨，

十三亿颗中国心。

2008年8月18日

叹

看正处在低谷中的刘翔伤后复赛，红衫红裤出现于广州亚运会六万人田径场上，在亿万观众27个月的揪心下，夺得令人心跳的“13秒09”金牌，破亚运会记录。

欲看飞人齐屏息，

一声枪响雷霆劈。

赛道跃出火一团，

王者归来谁可敌！

2010年11月24日

呼

2011年世界田径黄金大奖赛上海站比赛中，“不入虎穴，焉得虎子”，刘翔以冒大风险的革新技术，七步上栏取代成熟的八步上栏，使去年以来驰骋跑道连胜13场无人可挡的世界名将美国奥佛尔连连失误，刘翔夺冠，成绩居受伤复出以来最佳。

一声枪响试神威，

七上八下破重围。

一骑绝尘谁可及，

瞬间电讯环球飞。

2011年5月15日

忍　辱

闻一“看门人”之遭际：挨打，挨骂，刁难，受欺……莎士比亚当年在剧院“看门”也历练过如此机遇乎？

天赐一碗蜜，

般若波罗蜜。

不二法门成，

生死大事毕。

2006 年 12 月 6 日

轻　安

心中是佛佛是心，

任它风光晴或阴。

我自读书自得乐，

心中是佛佛是心。

2008 年 1 月 19 日

游　方

不穿芒鞋不戴笠，

众生芸芸皆吾师。

山河大地任坎坷，

鲜花枯叶等闲之。

2007 年 11 月 5 日

孙悟空

火眼金睛启，

洞穿着魔地。

一个斤斗云，

十万八千里。

不入洪波水，

何来金箍棒。

怕过火焰山，

焉得西天上。

2008 年 1 月

妙 有

深潭垂丝，

龙行雨至。

横吞巨海，

背负须弥。

背负须弥，

深潭垂丝。

横吞巨海，

龙行雨至。

龙行雨至，

背负须弥。

横吞巨海，

深潭垂丝。

2008 年 3 月 9 日

粽　子

2012年6月23日，应邀赴“上海奶奶”66岁寿宴，书赠沈翠英女士。

内包清香，

外绝尘埃。

一物出世，

恩泽万代。

悼芦芒先生

风声萧萧二月春，
天下忽哀失斯人。
诗如闪电倏然灭，
画似惊鸿没青云。
一曲长歌土琵琶，
万里奔腾火热心。
待到花重山水际，
国色天香慰忠魂。

1979 年 3 月

注：1978 年参加共青团团歌创作，本人拙词被评选（无记名投票）为上海市第一，报送团中央。嗣后，拜识主评委、著名诗人芦芒，相见恨晚，共约后会创作有期。未料先生赴浙，一去竟星沉大地，吊师唯泪矣。

访周谷城先生

1981年，不才作为新闻记者因采访报道纪念辛亥革命70周年（话剧《秋瑾》上演）造访周谷老，承蒙厚爱，先生挥毫，夫人磨墨，赠一条幅：“乐由中出，大乐与天地同和。”顿感振聋发聩、余韵绕梁，从此作为座右铭悬我室内墙上。

上德不德，

周公吐哺。

明月清风，

中和之嘱。

夙夜铭心，

慎之乎独。

得佐临书

黄佐临先生与我有师生缘。1976年春，我与先生同吃同住同行，在上海嘉定县安亭下生活创作话剧作品《凌云志》。我编剧，佐临先生导演，两人住一居室，睡上下铺，日夜相伴，朝夕受教，达数月。而戏中女主角即为当时上海戏剧学院表演系学生颜正安——后来的电影演员、画家、美国驻沪总领事夫人。1991年夏，得黄先生来函并赠新著《我和写意戏剧观》一册，慨叹不已——

扬云霓兮驾青虬，

高翱翔兮承凤凰翼。

悲余鲁钝失所望，

横流涕兮长太息。

哭郭鹰

郭鹰先生以弹筝誉世，亦精国画（是海派名家江寒汀之大弟子、四大得意门生之一）。以八十八岁之高龄，编选画作精品于一册，嘱予作序以记之（封面书名题字是程十发先生）。予惶然受命，不期画册出版而先生仙去，墨香犹浓却人面不见，呜呼哀哉！“我俩碰头日子无多了”，先生生前所言在耳边环响，抚书凄然——

君乃天下第一筝，

丹青犹飞冰弦声。

忽报身去灵霄殿，

高山流水俱伤情。

2002 年

悼

2008年5月6日93岁之老母亲半夜于小竹椅坐起跌倒骨折，从此口不能言。5月12日汶川发生千年一遇之地震，伤亡十几万。5月16日慈母长逝。三天后，5月19日下午2时18分，全国下半旗举哀为大地震悼亡。满头乌发之我，两鬓突生白发几十矢。

国哀大地震，家逝老母亲。

照镜惊吾影，痛心白发生。

千年难一遇，百世泣不平。

九州下半旗，呜呜声长鸣。

2008年5月26日

日全食

天边环视红，

日冕耀奇风。

黑日旋归去，

瞬间子夜中。

万类皆静寞，

似醒又似梦。

寂寂几分钟，

生灵庆重逢。

太阳如弯月，

袅袅映长空。

2009 年 7 月 22 日

散步吟

——与上海世博园隔江对望之滨江花园

路边湿地

风急沙沙响，新苇绿浪荡。

亲吻一枝红，白蝶也摇晃。

江　上

巨轮如城堡，缓缓压浪过。

海鸥舒双翼，轻轻掠清波。

休憩躺椅

白云入双瞳，蓝天阔无穷。

一筝如鱼儿，游弋碧海中。

申江之晨

云散太阳生，水风润肤轻。

天地一方舟，满耳马达声。

天　光

漆黑变深蓝，深蓝又淡化。

昊穹猛开张，静待旭日画。

雨夜天眼

声似急鼓捶，灯如闪电灭。

中天圆月出，乌云开且合。

2012 年 7 月至 11 月

诗余 对联

诗　余

蝶恋花

二月春欢花争影，
笑捧香茗，
低首羞犹逞。
我去尔来东阁静，
小词一阕心相领。

今不如前朝夜冷，

掩掩遮遮，

何几难堪境。

喜讯迟迟才未骋，

多情梦里无情醒。

1972 年 8 月

采桑子 火车司机

上海歌剧院编剧工作中，坐新式内燃机车火车头上，体验生活所见。

红黄蓝绿千灯闪。
扑面飞来，
一去无回，
铁道铮铮风与雷。

火龙驾驭今谁在？
行旅惊猜，
挥手机台，
一笑回眸是女孩。

1977 年

百尺楼　咏菊

众卉已凋零，
惟见君昂首。
伫立疏篱小路边，
苦雨凄风骤。

拼得蕊心香，
何虑花黄瘦。
待到重阳再降时，
笑客魂飞走。

1973 年

清平乐　海上军演

凛然军舰，
巨浪当空斩。
地动山摇厉声喝，
胆敢谁来侵犯。

恰如快马轻风，
冤家狭路相逢。
发现目标开火，
天光刹那烧红。

1983 年 6 月

注：有幸登上中国人民解放军军舰，于东海下生活半月，观察舰队实战演习。这类创作体验，是新中国成立以来上海戏剧家协会首次组办。

鹧鸪天 雨过

雨过雷轻绿更深，
鸟鸣花颤浣纱人。
情动柔指抚青发，
心跳轻吻点绛唇。

风浩浩，
水粼粼，
夜来美梦可成真。
天涯岂无春归意，
季节飞来就是神。

1996 年

长相思

2月14日，西方情人节，为金边吊兰翻盆。

买玫瑰，
采玫瑰，
不及金边自己栽。
年年花竞开。

爱吊兰，
悬吊兰，
天下清香飞我栏。
盈盈相见欢。

2005年2月，发表于2007年《上海老年报》

注：欢，古代还有一意，指“情郎”。

鹊桥仙　水仙

汪汪寒水，

圆圆卵石，

孤影凌波飘逸。

月升雾降晨昏时，

落雁姿，

神来之笔。

一池清泪，

栏干倚醉，

惊顾光阴迅疾。

众芳谢处猛相逢，

冰风凝，

醇醇香溢。

2006年1月13日凌晨3时

摊破浣溪沙　送别孩儿出国留学

奔出家门望汽车，
儿行今日赴天涯。
一折一弯车影失，
猛牵挂。

掏出手机通上话，
天涯比邻儿和爹。
网上重逢顷刻有，
休牵挂。

2007 年 1 月 18 日

渔家傲 起死回生

突起高烧三十九，

下肢肿胀难行走。

休克重危心发抖，

求急救，

谁人把病看它透。

疑是神仙来邂逅，

飘来海上蓬莱叟。

一帖药方凶退骤，

董漱六，

再生扁鹊回春手。

1984 年 9 月 26 日

注：董老，七十余岁，寓蓬莱路，师从秦伯未，曾任上海市第二人民医院中医科主任。词中所提怪病，十万病人中只占一例，极罕见，但董老上门后不慌不忙地搭脉问诊开方，笑眯眯地当着病人吃了一碗点心，即辞别。在车上，才对家属讲明：病人吃了这一帖中药，好就好，不好就不会好了。之前，这位刚生下孩子的病人被送去几家大医院西医急诊，都未被留院，只作化验处理（检查报告需待两周后出来），而病人病势，已无法等待，正在作后事准备……

又，此词填后，从未向董老说过。今编于书中，一晃已过三四十年矣。

霜天晓角　夜班路上

寒风突袭，

满地飘红叶。

污泥又加细雨，

匆匆灭，

何太急。

跛行生骨刺，

路遥筋似裂。

虽不见，

长亭外，

犹能啸，

朝天阙。

2007 年 11 月 1 日

注：“长亭外”为李叔同《送别》诗首句，“朝天阙”是岳飞《满江红·怒发冲冠》末句。

浣溪沙 感怀呈友（二首）

（一）昨日

昨日春风过岭南，
柳丝飘拂绿飞潭，
樱花缭乱蝶初探。

梦里薄寒重蹑起，
月光料峭似霜岚，
小园寂寂雨声酣。

（二）阴雨

阴雨绵绵彻夜寒，

狂雷疯雹袭山峦，

紫藤花叶几时干。

无那凝愁寻梦去，

起来却见日光欢，

一声鹂啭越清澜。

2008 年 4 月 17 日

眼儿媚

参观校友颜正安《心作》油画展暨慈善拍卖会。

辉煌心作忽倾城，
看画暗心惊，
当年小技，
而今大展，
壮志云凌。

赤橙黄绿青蓝紫，
丝丝故乡情，
颜飞色舞，
苍天有目，
大海无声。

2008 年 5 月 6 日

注：三十三年前，颜正安在我编剧的话剧作品《凌云志》中饰演女主角凌云。而今，她在上海举办《心作》油画展，身份是现任美国驻沪总领事夫人（克林顿总统访华时，由她陪同总统夫妇游览长城）。开幕式上，上海市原副市长谢丽娟出席并讲话。颜见到我，要去了我三十三年前写她的速写诗。

附：

“假小子”

——《凌云志》女主演颜正安同学（速写）

一身绿军装，

两眼亮溜溜，

走起路来通通通，

说出话来冲冲冲。

见鸭就画鸭，

见狗就画狗，

要是有人在吵架，
半天看不够。

上次朗诵会，
她上台佳话留：
双臂一张胸猛挺，
“塔里木的骄阳啊，
快把我晒个透！”

笑声常朗朗，
不见半分忧，
一步一步往前走，
春风得意后起秀。

注：1976年上戏排戏时作于安亭。

西江月　采石矶

东望大江滚滚，

西闻哀雁声声。

当年太白醉骑鲸，

飞取波中月影。

报国有心壮士，

缚鸡无力书生。

朱湘独醒浪中行，

潜入灵均之境。

2010 年 10 月 19 日

注：采石矶江面，两诗人葬身地。前有谪仙李太白，月夜乘舟醉中落水；后有民国朱湘，手捧《海涅诗集》，一边朗诵，一边从船上纵身跃入水中。

十六字令　梅

醇，

呼起山溪笑入春。

波光闪，

犹荡雪时魂。

2019 年 2 月

对　联

门联一

虎踞尧山来紫气
龙蟠金第沐祥云

注：父亲贾培根属虎，字尧山；母亲卫金娣，属龙。

门联二

新宅春融花竞放
老人日暖鸟常鸣

门联三

龙吟福浩荡
虎啸寿绵延

浦江之晨

雾里飞鸥，上下掠波，忽隐忽现；
江边击浪，纵横喷雪，旋停旋冲。

2013 年

浙西大峡谷　四季景联

春　峡中听鹿呦甚
　　溪上问花羞谁

夏　拥绿看瀑鸣曲
　　飞红漂流爽心

秋　国宝鸡血石美
　　山珍小核桃香

冬　已是冰雪世界
　　犹为白云人家

2013 年

巴山冷杉

生如铁笔昭三界
死似长矛护八溟

2013 年 4 月 4 日

大德高僧

脱尽尘埃颇近佛
张开法眼可通天

2013 年

太 湖

吴越兴亡付流水

风潮起伏吟洞庭

2013 年 5 月 24 日

注：吴人谚曰“风潮过了世界在”。见《词源》第 3408 页。

松江方塔于八一三抗战

寇至千轰万炸，三光掠地；
神扬四面八方，一柱擎天。

注：三光者——日寇对我中华“烧光、杀光、抢光”，然松江方塔在日机肆虐狂轰滥炸下始终巍然屹立不倒。

2014 年

四行仓库八百壮士

气贯长虹，但求壮死；

威伤敌胆，已铸永生。

注：以上两副对联（松江方塔、四行仓库）于2014年11月上海楹联学会“甲午战争120周年、抗战胜利69周年征联”获奖。

纪念甲午海战120周年

国耻当年大悲起

龙啸今日长乐来

2014年

廉　政

在下为河岳，在上为日星，乾坤正气；
文官不贪钱，武将不惜死，祖国富强。

2015 年

反 贪

除苍蝇，心贯日月；
打老虎，气吞河山。

2015 年

自　强

环球惊叹狮醒

举国欢呼龙飞

2015 年

中国之外交

东风呼啸，冉冉红旗中国梦；
北斗导航，隆隆礼炮地球村。

2015 年

同学会

五十年，弹指一过；你看相册，我看相册；
八万里，巡天几何；昔也同窗，今也同窗。
喜相逢

2014 年 10 月

师生会

任它海阔山高，路漫漫，一心飞去；
笑予神颠魂倒，情融融，千手召来。
桃李芬芳

2016 年 10 月

贺蔡勤志先生八十二华诞——

业广惟勤，人梯巧搭登攀路；

功崇惟志，心血长浇栋梁材。

最可爱的人

学生贾志梁　敬题

2014年10月

注：抗美援朝时期，蔡勤志老师是志愿军女战士，入朝参战；回国后毕业于南京大学，来中学任教，担任我班高中班主任，教辩证法。1985年离休。

本联为嵌名联。

松江人的情结

去，如鱼得水；

归，似鹿回头。

2014 年 4 月

注：十鹿九回头，是松江名园醉白池内一石碑，上刻十头梅花鹿，其中九只回头，民间流传：此碑喻意松江（也称茸城）人，历代外出官宦经商者，十有九人，因莼鲈之思而怀乡思归（超然物外，急流勇退）。

工匠精神

点点滴滴，从小事做起；
澎澎湃湃，使大功告成。

2016 年 4 月

惊悉——“中国新闻界又少了一位大师，丁锡满同志于今夜8时去世”

平安夜，平安逝；

圣诞时，圣诞临。

2015年12月25日晨3时，开手机看微信后作

注：据丁夫人王柳媚女士说，我与丁老师在华东医院的花园合影，是他生前最后的一次与人合影。

求学（对纪晓岚上联）

书似青山常乱叠
悟如闪电已深知

2014 年 7 月 16 日

誓把青春献给党（歌词）

1978年7月共青团团歌创作被无记名评选为上海首选歌词报送团中央，后编入团中央《优秀歌词选》。

（一）像那早晨八九点钟的太阳，喷薄东升

像那高空的雄鹰，展翅飞翔

（二）胸怀共产主义的理想，刻苦学习

投入革命的熔炉，百炼成钢

（副歌）我们是新长征的突击队

哪里困难哪里上

为实现四个现代化

誓把青春献给党

高举胜利的旗帜

前进，永远向前方

1978年7月1日

插队落户咏叹调

（外一首）（1969—1973）

伟大领袖毛主席教导我们说，“农村是个广阔天地，在那里是可以大有作为的。”

“知识青年到农村去，接受贫下中农再教育，很有必要。”

我曾报名去“北大荒”，未被允准；于是落户在黄浦江上游的一个水乡小村。

咏

出　工

雾云空濛炊烟浓，

行人脚步通通通。

哨声三遍老少齐，

引吭高歌东方红。

挑　塮

一根扁担两只筐，

挑塮出自猪棚中。

汗流浃背肩欲裂，

咬牙蹶足步匆匆。

正恨往年读闲书，

且喜今日进仙炉。

牛郎若问农家事，

当惊吾等再教育。

注：塮——猪粪沤尿作农家肥，乡语谓之“塮”“猪塮”。农谚：“庄稼一枝花，全靠肥当家”。

撒 塮

猪塮两手抓，

味臭管它妈。

要夺宝中宝，

天男把花撒。

注：宝中宝——粮食乃人类生存之本也。

访　友

古今中外客，

但爱肉羹美。

君看养猪人，

出没粪污里。

注：探望回乡知青同窗，归来所作。

坌 地

十指伸开睁目瞧，

皮开肉颤皆水泡。

熬住苦痛变老茧，

铁人铁手铁镕摇。

割 稻

小太阳，亮堂堂，

高照水乡好儿郎。

此起彼伏银镰闪，

恰似怒潮卷钱塘。

注：小太阳——1000瓦的一种钨光灯，深得农民赞许。夜里，在田间东南西北角各插一竹竿，竿上高挂此灯，青年男女突击队挑灯夜战，亮如白昼。

挑　稻

一担稻，两座山，
嘎吱嘎吱挑上肩。
千担稻，山连山，
吭唷吭唷舞乡间。

三　抢

南方种植双季稻，在三伏天抢收、抢耕、抢种，谓之“三抢”。作为“青年突击队”之一员，每天凌晨三时出工，晚上十点半以后收工，只睡三四个小时，天天如此，为了不误农时——成熟的前季稻要及时收割、脱粒、进仓、交公粮；马上翻地、施肥、拔秧、插后季秧，过了立秋则歉收——“人误地一时，地误人一年”呀；暑天酷热，白日气温都在35度以上，水田温度更高达五六十度，有蛇、蚂蟥，晚上则是蚊子成群。

七月值三抢，

田头格外忙。

鸡啼笑它迟，

狗吠嫌它狂。

拔秧手糜烂，

插秧脚浸胖。

割稻指开荤，

挑担肩红胀。

衫如水中捞，

身在梦里逛。

可怜越忙时，

无可充饥肠；

小菜何所有，

时尝酱油汤。

突兀风云变，

黑雾起北方，

龙卷拔大树，

冰雹似倾缸，

淫雨扫大地，

拔瓦且摧墙。
队长一声令，
人人冲上场，
不分老和少，
抢谷赛打仗。
雨狂炼赤胆，
风疾展铁膀，
谁不拼命干，
誓夺高产粮。
三抢第一好，
抢出红思想，
家家炊烟起，
碗碗新米香。

挑　粪

粪是田中宝，

农家人最要。

悠悠摇船来，

哐哐池中倒。

一步三个滑，

仰天忽一跤；

撑地人未起，

开口哈哈笑，

黄水溅嘴脸，

“味咸尝到了！”

插　秧

弯腰不抬头，

疾臂汗水流。

黑腿钻蚂蟥，

赤背晒出油。

耘 稻

八月交秋暑气冲，

男女老少排成龙。

跪耘三通膝盖破，

背灼烈日汗泉涌。

秧尖似刺擦眼皮，

秧叶如刀刈臂红。

东叟脸发白，

西嫂头正晕，

小妹心发慌，

大哥盼密云，

唇焦舌干口一张，

盐水条条淌喉咙。

镇上姑娘站柜台，

电扇飒飒犹嘟哝，

倘若今朝到此地，

羞惭亦应找地洞。

注：耘稻——插秧后，除草不可延误。双膝跪在水田，边用双手薅草，边用膝前行，称之为跪耘。这种生产方式，一方面属深耕细作，另一方面可解弯腰之疼。实际上，由于一个多月的睡眠不足，种田人已站立不起。只是小村大田沿铁道线，有煤屑碎砾，站立不觉，跪耘如刑，皮破血洇。当地习惯在插秧后连耘三通（次），而到第三通（次），秧已茁壮，跪与眼齐，每天十几小时在烈日高温下伏于闷热不透风的低洼田劳作，其辛苦可知。

脱　粒

轧轧震天响，

隐隐笑语扬，

尘飞草落金谷洒，

夜深打谷场。

打完农药1605后，跃入大江

火球化熔泼晚霞，

惊云直上腾白鸥，

茧手扬起三尺浪，

急水江里看我游。

人 夜 三抢即将完成

霁云清风走明月，

铁牛轰鸣蛙声急，

人在鼾梦中，

心被稻香吹。

新秧青青望无际，

手抚扁担忆日里：

人在“蒸笼”内，

衫如水中起。

七绝　交公粮后摇舟返村

一手扳来一手推，

橹声欸乃赶鱼飞。

小舟得意轻乘月，

碧水如天天外归。

农　闲

菜花喷喷香，
蜜蜂嗡嗡响，
扁担放一边，
相嬉田中央。

老翁悦吾良，
《论语》共商量，
围坐听故事，
跃跃少年郎。

练石担

粗膀栗肌胸膛厚，

剽悍强健赛貔貅。

三年吃了萝卜干，

一世甘为孺子牛。

注：本大队农民时传：干农活，练身体，全公社两个“伽”人，我亦被名列其中，令我吃惊。

七绝二首 自留地宣言

（一）村后河边分得一块岸边地，自垦自种

菜畦临水拆篱笆，

戴月披星荷早霞。

芦粟任人扛将去，

西瓜未种出西瓜。

（二）强台风突袭，晨奔小河边看我种的向日葵，根拔茎折，一片狼藉

花开人赞向阳红，

雨过已残噩梦中。

小小田间蛙争说，

不知何事惹腥风？

叹

攀天平山

天平老柏十丈高，

树下瞻仰帽亦掉；

一到半山腰，

惟见树梢梢。

冬

北风呼啸来，

一夜冰气卷。

皑皑千里雪，

飘飘万家寒。

抬眼看秃枝，

疏立寒地颤。

不知布谷鸟，

何时把春传？

七绝　赠友一梦

江南柴草关东炭，

入地飞天终是灰。

最怕苍穹流泪夜，

浩歌似海梦中来。

七律

赴黑龙江屯垦戍边之同学返沪探亲，聚首有感。

昔行岂叹重逢景，
枉费天涯抱负情。
旧事滔滔乡语改，
新伤历历颊须生。
潮来潮去萍分散，
日落日升钟共鸣。
藉咏唐诗三百首，
深山顿作鹧鸪声。

七律　冷吟

十年笔墨化灰尘，
四载风霜系冷吟。
浑浑王孙开后阕，
潸潸贫女泪罗巾。
满江红曲动天地，
京都谣词说古今。
愿掷丹心馨四海，
苍茫雨雪觅知音。

注：读古诗词，岳飞有《满江红·怒发冲冠》一词，《京都谣》云：“直如弦，死道边；曲如钩，反封侯。”

无 言

君爬雪地杆，
我负粪肥担。
短叹伤踝侧，
长吁断胫膻。
光阴何冉冉，
世故更恹恹。
把手今相遇，
劳君致甚言。

如梦令　知青回城相聚

醉说暮云叆叇，

姹紫嫣红何在。

大地急迎春，

不信快瞧菜麦，

城外，

城外，

可似无精打采？

采桑子　望星空

光阴易逝天难老，
怕遇秋风，
正遇秋风，
柳绿桃红何处逢？

每常晓看冬青叶，
有露浓浓，
又露浓浓，
告是星星夜泪笼。

七绝　闻冬猎

忽觉寒光低大野，
可怜冷意压孤村；
何方激起枪铳响，
麻雀纷纷落魄奔。

七绝　悟

脸朝黄土背朝天，
白米饭香谁种田；
不读人间耕者苦，
枉知华夏五千年。

后记：1973年秋，在松江二中任教时，我考入上海戏剧学院戏文系——录取率当时为0.4%，户口与共青团关系等也一并调离水乡。

调

探　亲

——上大学后回松江二中教研室

菊花如雪铺窗台，
沁香吐芳钻心怀，
我与同事正畅谈，
忽兀一片笑声来。

笑声似银铃，
发自窗台外，

十几个女孩喜盈盈，
压肩叠背挤一块。

想进不敢进，
想叫不敢叫，
师生情谊千里牵，
一朝再见却生碍。

转身呼唤快进来，
不料个个躲得快，
白雪堆里隐乌鬟，
只留笑声仍徘徊。

笑声突绝门撞开，

体育教师闯进来，

“怪不得心神不宁学生娃，

原来是你在！”

1973年11月20日

注：《插队落户咏叹调》一共二三十首（其中10首属于格律诗词），都是当时所作，反映了我作为老三届（1967届高中）知青上山下乡的切身感受以及对古诗艺术的探索学习。以下8首散文诗，也是插队落户时期的作品。

散文诗

一　在秋天

（一）稻花

她，悄悄地开了，很小很小。

不想被人察觉。

她，又悄悄地去了，很快很快。

把香味统统留给谷粒。

于是人们奔走相告：丰收啦！

……

在百花的光荣榜上，好像没有她。

在名人的诗画中，也从未见到她。

（二）白霜

清晨。他从天上飞到人间，浑身洁白。

俯伏在田野上，他深情地低吻着泥土。

于是，山芋甜了，萝卜甜了，青菜甜了……

骂他冷酷无情的，是洞中的毒蛇。

爱他风流潇洒的，是喷香的菊花。

（三）孤雁

在翻滚的云堆里，她哀叫着，

不分昼夜地向南飞去。

她害怕寒冷，她离开了丰收的大地，

又失去同伴的相依……

她的前方，是一连串的叵测。

（四）稗草

他纠缠住水稻，骗来一身绿色的衣裳。

可是秋风一起，他就向上窜。

他按倒水稻的肩膀，把她们蹂躏了……

他，被人驱逐，连做肥料的资格都没有。

发表于 1979 年 11 月 9 日《青年报》

二　在春天

（一）夜雨

从天上降下来，

在山谷、在平原，高唱低吟……

推开窒息的冬装，

洒下绿色的春晓，

托起尖尖的嫩笋，

你消逝了——

在泥土里……

（二）布谷

“布谷、布谷”，短笛劲吹。

吹在村口，吹在田头，

吹得人心花怒放，吹得牛欢蹦乱跳。

“布谷、布谷”，用力布谷。

布下希望，布下幸福。

（三）桃花

好像团团白云，好像漫漫红雾，

笼住了小桥流水，笼住了机声人影……

小蜜蜂嗡嗡飞去，

醉倒在她的怀抱。

（四）油菜

黄澄澄、黄澄澄的一片，望不到边……

是流动的金？

是漫舞的火？

不！——

不是金，比金子还亮！

不是火，比火焰还旺……

是农民的心呵，在这里歌唱；

是一万个太阳，在这里燃烧！

发表于1980年5月30日《青年报》

图书在版编目(CIP)数据

云间山人稻花集:贾志梁诗词选/贾志梁著. —
上海:学林出版社,2019.9
ISBN 978-7-5486-1567-5

Ⅰ. ①云… Ⅱ. ①贾… Ⅲ. ①诗词-作品集-中国-
当代 Ⅳ. ①I227

中国版本图书馆 CIP 数据核字(2019)第 202844 号

责任编辑 胡雅君
封面设计 周剑峰

云间山人稻花集
——贾志梁诗词选
贾志梁 著

出　　版 学林出版社
(200001 上海福建中路 193 号)
发　　行 上海人民出版社发行中心
(200001 上海福建中路 193 号)
印　　刷 上海商务联西印刷有限公司
开　　本 787×1092 1/32
印　　张 9
字　　数 14 万
版　　次 2019 年 9 月第 1 版
印　　次 2019 年11月第 2 次印刷
ISBN 978-7-5486-1567-5/I·216
定　　价 36.00 元